被罵了，怎麼辦？

文‧圖 北村裕花

翻譯 蘇懿禎

喀ㄎㄚ嚓ㄘㄚ

「咳、咳！嗯……
各位，請保持安靜。
兒童會議即將開始。」

惹大人生氣的時候，應該怎麼辦？

「我ㄨㄛˇ！
我ㄨㄛˇ覺ㄐㄩㄝˊ得ㄉㄜ˙應ㄧㄥ該ㄍㄞ要ㄧㄠˋ說ㄕㄨㄛ
『對ㄉㄨㄟˋ不ㄅㄨˋ起ㄑㄧˇ』。」

對不起

「我也是。
因為太害怕了，
無法道歉。」

「但是被大吼一聲的
時候都會嚇到啊！」

「我！
大哭一場怎麼樣？」

「哭會累吧！」

阿陸

小斐

嘿
嘿
嘿

「我、我！
笑一笑裝傻呢？」

「那樣大人
會更生氣吧！」

「因為我媽媽真的超可怕，如果我沒有洗手，她就會瞪我吔！」

「我爸爸也是啊！
如果我沒吃青椒，他就會變得
跟魔鬼一樣大喊：『快吃！』」

「我媽媽像妖怪，只要一生氣，
臉就會變得紅通通、氣撲撲。」

「我ㄛˇ媽ㄇㄚ媽ㄇㄚ像ㄒㄧㄤˋ怪ㄍㄨㄞˋ獸ㄕㄡˋ！ 吼ㄏㄡˇ──
就ㄐㄧㄡˋ從ㄘㄨㄥˊ嘴ㄗㄨㄟˇ裡ㄌㄧˇ噴ㄆㄣ出ㄔㄨ火ㄏㄨㄛˇ來ㄌㄞˊ！」

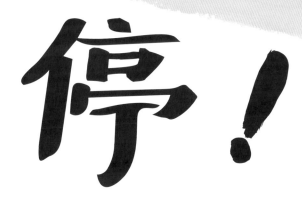

停！

「大家冷靜！
現在在討論『惹大人生氣的
時候，應該怎麼辦？』，
還有其他意見嗎？」

靜ㄐㄧㄥˋ ── 悄ㄑㄧㄠˇ ── 悄ㄑㄧㄠˇ ──

「 嗯， 那個 ……

我媽媽經常抱我， 只要抱我，
我就會好開心。
所以， 如果惹別人生氣的話，
就先給對方一個擁抱，
你們覺得如何呢？ 」

「對ㄅㄟˊ啊ㄚˊ！」

「擁ㄩㄥ抱ㄅㄠˋ之ㄓ後ㄏㄡˋ應ㄧㄥ該ㄍㄞ
就ㄐㄧㄡˋ敢ㄍㄢˇ說ㄕㄨㄛ對ㄅㄟˊ不ㄅㄨˋ起ㄑㄧˇ了ㄌㄜ！」

美香

阿陸

小蕗

這個時候，
洋子老師的呼喚聲從門口傳來：
「阿健，你媽媽來接你嘍！」

「各位，今天的會議
到此結束。」

阿Y健ㄐㄧㄢˋ回ㄏㄨㄟˊ到ㄉㄠˋ家ㄐㄧㄚ不ㄅㄨˋ久ㄐㄧㄡˇ，
又ㄧㄡˋ把ㄅㄚˇ玩ㄨㄢˊ具ㄐㄩˋ丟ㄉㄧㄡ了ㄌㄜ˙滿ㄇㄢˇ地ㄉㄧˋ沒ㄇㄟˊ收ㄕㄡ拾ㄕˊ。
「阿Y健ㄐㄧㄢˋ，　我ㄨㄛˇ不ㄅㄨˊ是ㄕˋ說ㄕㄨㄛ過ㄍㄨㄛˋ
要ㄧㄠˋ把ㄅㄚˇ玩ㄨㄢˊ具ㄐㄩˋ收ㄕㄡ好ㄏㄠˇ嗎ㄇㄚ？　」
媽ㄇㄚ媽ㄇㄚ˙生ㄕㄥ氣ㄑㄧˋ的ㄉㄜ˙說ㄕㄨㄛ。

阿Y健ㄐㄧㄢˋ……

啪ㄆ嗒ㄉ 啪ㄆ嗒ㄉ 啪ㄆ嗒ㄉ ……
立ㄌ刻ㄎ跑ㄆ過ㄍ去ㄑ給ㄍ媽ㄇ媽ㄇ一一個ㄍ擁ㄩ抱ㄅ。

「媽ㄇㄚ媽ㄇㄚ……
那ㄋㄚˋ個ㄍㄜ……」

文・圖　北村裕花

出生於日本栃木縣，畢業於日本多摩美術大學。以《飯糰忍者》榮獲第三十三回講談社繪本新人獎佳作，目前主要從事書籍插畫和繪本創作，也是日本電視NHK E頻道「洋子的話」節目的插畫。繪本作品有《飯糰忍者》（步步）、《男爵薯國王和五月皇后》（三民）等。

翻譯　蘇懿禎

臺北教育大學國民教育學系畢業，日本女子大學兒童學碩士，目前為東京大學教育學博士候選人。

熱愛童趣但不失深邃的文字與圖畫，有時客串中文與外文的中間人，生命都在童書裡漫步。夢想成為一位童書圖書館館長，現在正在前往夢想的路上。

在小熊出版的翻譯作品有「媽媽變成鬼了！」系列、「我要當假面騎士！」系列、《我和我的冠軍甲蟲》、《咚咚咚，下一個是誰？》、《墊板小弟》、《迷路的小犀牛》、《媽媽一直在你身邊》、《比一比，誰最長？》、《我和阿柴出生在同一天》、《偷朋友的小偷》、《出生前就決定好》、《找一找，鼴鼠的家》等。

精選圖畫書

被罵了，怎麼辦？

文・圖／北村裕花　　翻譯／蘇懿禎

總編輯：鄭如瑤｜主編：詹嬿馨｜美術編輯：王子昕｜行銷經理：塗幸儀｜行銷企畫：林怡伶、許博雅
出版：小熊出版／遠足文化事業股份有限公司｜發行：遠足文化事業股份有限公司（讀書共和國出版集團）
地址：231 新北市新店區民權路 108-3 號 6 樓｜電話：02-22181417｜傳真：02-86672166
劃撥帳號：19504465｜戶名：遠足文化事業股份有限公司
客服專線：0800-221029｜客服信箱：service@bookrep.com.tw
E-mail：littlebear@bookrep.com.tw｜Facebook：小熊出版
讀書共和國出版集團網路書店：www.bookrep.com.tw
團體訂購請洽業務部：02-22181417 分機 1124
法律顧問：華洋法律事務所／蘇文生律師
印製：凱林彩印股份有限公司｜初版一刷：2020 年 10 月｜初版二十二刷：2024 年 3 月
定價：320 元｜ISBN：978-986-5503-85-7

Kodomo Kaigi
Copyright © KITAMURA Yuka 2019
First Published in Japan in 2019 by Froebel-kan Co., Ltd.
Complex Chinese language rights arranged with Froebel-kan Co., Ltd.,
Tokyo, through Future View Technology Ltd.
All rights reserved

國家圖書館出版品預行編目 (CIP) 資料

被罵了，怎麼辦？／北村裕花文・圖；
蘇懿禎翻譯 . -- 初版 . -- 新北市：
小熊出版：遠足文化發行，2020.10
32 面； 21×27 公分．（精選圖畫書）
注音版
ISBN 978-986-5503-85-7（精裝）

861.599　　　　　　　　109014140

小熊出版讀者回函　　小熊出版官方網頁

阿峰：率性。喜歡的食物：咖啡

小喬：害羞。喜歡的食物：櫻桃

阿陸：輕率。喜歡的食物：炸雞塊